KB197021

최형묵 첫 번째 시집

왜 사느냐고 묻거든

최형묵

도서출판 지식나무

시인이 독자에게 드리는 말씀

코로나 3년 반을 지내오면서 가야 할 곳을 가지 못하고 만나야 할 사람들을 만나지 못하는 상황이 되면서 답답함이 마음 한구석에 크게 자리 잡아가고 있었습니다. 어쩔 줄 몰라하며 저희 집 주변의 산책로를 아침저녁으로 산책하며 자연스럽게 산책하며 깊은 사색의 시간을 갖게 되었습니다. 아직 동트지 않은 시간에도 막 동터올 때도, 때로는 해질 무렵이나 밤중에도 혼자서 산책하는 시간을 갖게 되었습니다. 시를 쓰게 된 첫 번째 동기가 되었습니다. 돌이켜보니 감사뿐입니다.

두 번째 동기는 제 주변에 시인들이 많았습니다. 십 대에는 시를 보면서 부러워하였습니다. 동창 중에 시를 쓰는 친구도 있었고, 지인 중에 시인도 있었습니다. 특히 SNS를 해오면서 귀한 시인들을 만나게 되었습니다. 그리는 사이에 나도 모르게 시를 쓰고 있었습니다. 여기에 결정적으로 파라과이 선교사로 활동해 오신 시인인 고용철 목사님과 친구가 되었습니다. 가까이 지내면서 자연스럽게 시를 쓰게 되었습니다.

세 번째 동기는 옛 어르신들이 세월이 유수 같다고 하셨는데 저 역시 어느덧 60대 중반을 넘어가면서 주변을 둘러보며 감사를 잊지 않고 글로 남기고자 시를 쓰게 되었습니다. 소중하지 않은 것 하나 없이 모두가 소중하다는 것을 새삼스럽게 느끼게 됩니다. 가장 크게는 주변의 사람들입니다. 가족들과 교회 성도님들, 직장의 동료들, 그리고 지역사회에 관계된 수많은 분들께 감사를 드립니다. 집 주변 4계절 자연환경을 가까이 있는 것도 시를 쓰게 된 큰 요인이 되었습니다. 40대 중반에 주변의 아동·청소년들을 위하여 공부방으로 조그마하게 시작했던 작은 일들이 매우 중요한 일들이 되었습니다.

특별히 시에 곡을 입혀서 노래로 만들어주신 작곡가 최우규 교수님과 작곡가 김한영 목사님을 만난 것은 제게 큰 축복입니다. 편곡자님들, 교회를 세우는 사람들(TCB/The Church Builder)의 단장이신 찬양사역자 이환 목사님과 민재연 선교사, 오산영 집사등 단원들, 노민주 자매 등 모든 분들께 감사드립니다. '나는 사회복지사로 살기로 했다'라는 책을 2018년에 저서로 남기고 최근에는 공동시집 '사명자의 흔적'에 이어 미흡하지만 '왜 사느냐고 묻거든'이라는 시집을 독자들께 선보이게 되었습니다. 앞으로도 마음을 따뜻하게 하는 좋은 글 남기도록 노력하겠습니다.

시집출간을 위하여 수고해주신 지식나무 출판사 김복환 대표님께 진심으로 감사의 말씀을 드립니다. 독자님들의 건강을 기원합니다.

2024.11

光音 최형묵

▌목차

시인이 독자에게 드리는 말씀

1부

물방울 여행 ·· 2

삼일절 ·· 3

3월이 오면 ·· 4

시인이 대답했다 ·· 5

어머니의 여행 ·· 6

숲의 향연 ·· 8

생애 최고의 시간 ·· 10

먼 어느 날 ··· 11

부부 ··· 12

구들장의 계단 ·· 13

5월의 감사 ··· 14

어머니 손 ·· 15

보답 ··· 16

왜 사느냐고 묻거든 ······································ 18

열 번째 고개 ··· 20

이 비 그치면 ··· 22

강화가 부른다 ·· 23

강화가 품었다 ·· 24

캠프를 떠난다 ·· 25

나침반 ··· 26

삼형제 ··· 27

걷고 싶어요 ·· 28

초석이 되었다 ·· 29

네 사람 ·· 30

마력의 한 마디 ……………………………… 31

어머니의 등 …………………………………… 32

편안한 사람 …………………………………… 33

외줄 타기 ……………………………………… 34

안부 묻는 메타세쿼이어 ……………………… 35

통일 전망대 …………………………………… 36

교동도를 아시나요 …………………………… 37

바다를 보았다 ………………………………… 38

우리는 모두 어린이 ………………………… 39

2부

달맞이 …………………………………………… 42

추석 아침 ……………………………………… 43

한가위 보름달 ………………………………… 44

불타는 노을 …………………………………… 45

황토 위에서 …………………………………… 46

입추를 맞이하며 ……………………………… 48

통일 전망대에 올라 ………………………… 49

아! 대한민국 ………………………………… 50

지어야 맺힌다 ………………………………… 51

밭에서 경주가 벌어졌다 …………………… 52

밤의 속삭임 …………………………………… 54

고추들의 경주 ………………………………… 56

세상이 어떠한지 ……………………………… 57

설레임 …………………………………………… 58

철마는 그녀를 태우고 ……………………… 59

불꽃축제 ………………………………………… 60

아버지 …………………………………………… 61

고백 ……………………………………………… 62

가을비가 내린다 ……………………………… 63

설렘으로 다가왔다 ················· 64

태양이 빛을 발하는 이유 ············· 65

가을비야 고맙다 ················· 66

나의 이름은 그림자 ··············· 67

가평 우리 마을 ················· 68

가을 편지 ··················· 70

기다림 ···················· 71

민족의 함성 ·················· 72

하늘이 웃었다 ················· 74

집으로 가는 길 ················· 75

그들의 자랑스러운 이름 ············· 76

노을을 보았다 ················· 77

선물을 날마다 받는다 ·············· 78

가장 소중한 이름 ··············· 80

구름의 경주 ·················· 81

10월이 오면 ·················· 82

입추를 맞이하며 ················ 83

내 이름은 고속철 ··············· 84

안개구름 ···················· 85

친구 덕분에 ·················· 86

시의 예찬 ··················· 87

님을 기다리며 ················· 88

초승달 아래서 ················· 89

개천절에 ··················· 90

3부

으르렁 쾅쾅 번쩍번쩍 ·············· 92

주 따라 가는 길 ················ 93

고백합니다 ··················· 94

생명 다할 때까지 ··············· 95

맞아 주소서 ··· 96

걷기도 하고 뛰기도 하며 ······························· 97

눈을 뜨니 ··· 98

주님과 눈 맞춤 ··· 99

지금 그리고 여기에 ······································· 100

은혜입니다 ·· 101

주를 따라가게 하소서 ···································· 102

일어나 함께 가자 ··· 103

너의 믿음이 어디 있느냐 ······························· 104

엠마오로 가던 두 제자 ·································· 106

주님과 동행 ·· 107

소원 ··· 108

기도 ··· 109

모두가 주의 은혜 ··· 110

일어나 일어나라 ·· 112

나의 찬양이 되어주소서 ································ 113

지팡이를 잡아라 ·· 114

인정받게 하소서 ·· 116

시몬의 노래 ·· 117

브니엘 ··· 118

흙으로 돌아가라 ·· 120

1부

물방울 여행

태고부터 한 방울 한 방울이 모여
온 하늘의 구름이 되었다

여행하던 구름이 세상 풍광에 취해
눈이 되고 비가 되어 내렸다

한 방울 한 방울이 모여 땅을 축이고
내를 이루고 강을 이루고 바다가 되었다

물방울은 땅속이 궁금하여
깊이 더 깊이 숨어들었다

물방울은 식물이나 생명체에게
여전히 미지의 여행을 하고 있다.

삼일절

일구일구년 삼일절
남녀노소 태극기를 들었다

"대한독립 만세", "대한독립 만세"
만세의 외침은 생명의 외침, 피의 외침

태극기로 함경남북도, 평안남북도, 황해도, 강원도, 경기도,
서울특별시, 충청남북도, 전라북남도, 경상남북도(울릉도, 독도),
제주도가 하나가 되었다

3.1절의 생명의 외침에
동해도, 서해도, 남해도 북녘도 손을 잡았다

이공이사년 삼일절
칠천 칠백 칠십 오만 사천육백 십일 명의 생명이 되었다

3월이 오면

3월이 오면
흙 속에 잠자던 새싹들과
눈웃음을 나누겠습니다

3월이 오면
겨울 잠 자던 버들가지와
눈 맞춤 하겠습니다

3월이 오면
슬며시 불어온 봄바람과
포옹하며 걷겠습니다

3월이 오면
한 뼘 더 자라난 아들딸들을
힘껏 안아 주겠습니다

3월이 오면
손 내미신 그분 손잡고
세상을 향해 힘차게 내딛겠습니다

시인이 대답했다

시인이 물었다 왜 시를 쓰냐고
시인이 대답했다 시를 통해서 나를 본다고

시인이 물었다 왜 시를 쓰냐고
시인이 대답했다 시를 통해서 미래를 본다고

시인이 물었다 왜 시를 쓰냐고
시인이 대답했다 시를 통해서 과거를 본다고

시인이 물었다 왜 시를 쓰냐고
시인이 대답했다 시를 통해서 세상을 본다고

시인이 물었다 왜 시를 쓰냐고
시인이 대답했다 시를 통해서 삶을 배운다고

어머니의 여행

꽃다운 청춘에 결혼이라는
열차에서 기둥 같은 남편을 만났다

멋진 세상 살아보겠노라
행복의 무지개를 그리며 세상을 살아왔다

뱃속에 10개월 고이 품었던 생명이
하나 둘 셋넷 세상에 나왔다

유라굴로 같은 광풍에 기둥 같은 남편은
휘청거리며 힘을 잃었다

야속하게도 거듭된 눈보라와 태풍은
의지했던 남편을 저 멀리 데려갔다

곱디곱던 얼굴에는 주름살이 그려지고
손에는 광주리와 붓이 쥐어졌다

하나 둘 셋넷 자녀들도 어느덧
결혼이라는 열차를 타고 여행 중이다

달려왔던 내 머리카락은 백설이 되었고
길옆의 역은 팔순을 지난 미수라고 쓰여있다

숲의 향연

1

긴 밤의 친구되어
단잠을 자고 일어났다

깍 깍 인사하는
까마귀들의 소리가 정겹게 다가온다

산골짜기 작은 물소리가
노래를 부른다

깊은 산속이라 다가가지 못하자
숲 속의 풀들과 나무들이 다가와 준다

2

별을 물고 있는 개별꽃
연한 순의 신나무

까치발로 서있는 꼭두서니
이름과는 어울리지 않는 애기똥풀

봄의 활력소가 되어주는 두릅
노랑나팔을 자랑하는 산괴불주머니

연초록의 국수나무
연분홍과 노랑나팔의 병꽃나무

일본에서 이사 온 일본 잎갈나무
흰색으로 단장한 갯버들

분홍으로 조화를 이뤄주는 산벚나무
숲의 향연에 내 마음도 정겹다

생애 최고의 시간

장흥의 억불산 자락에
60년 된 편백들이 숲을 이루었다

100 핵타르 편백의 숲들이
준비한 선물은 힐링과 치유!

천일염과 편백의 소금집, 족욕탕, 난대자생
식물원, 편백의 사이를 지나 음이온폭포!

가족과 연인, 친구들을 위하여
한옥 목조주택 황토집이 어우러져 있다

편백숲의 피톤치드를 어머니와 들이시며
거니는 시간은 생애 최고의 시간이었다

먼 어느 날

먼 옛날 아버지를 이 땅에 태어났습니다
착한 시골 농부로 하늘을 바라보며 사셨지요

행복을 꿈꾸며 형님의 손에 이끌렸습니다
고향을 떠나 낯선 도시 변두리 몸을 맡겼지요

몸이 부서질 듯 봄 여름 가을 겨울 일했습니다
농사일 공사장일로 몸과 마음은 지쳐버렸지요

어느 날 주님의 특별한 은혜를 입었습니다
새벽기도를 마치고 아버지와 마주 대했지요

평범한 인생을 위해 기계과를 다니고 있었습니다
아버지는 내게 신학을 하는 것을 동의해 주셨지요

아버지의 아들로 태어남에 감사드립니다
이 세상 여행 끝나기 전 하나님의 자녀가 되셨지요

먼 여행을 떠나면서 미안해하셨습니다
그리고는 영원하신 아버지를 바라보게 하셨지요

부부

외톨이가   있었습니다
한사람과 눈 맞추며 설렙니다

그의 마음에   한 사람이 찾아왔습니다
설렘이 쿵탕쿵탕이 되었습니다

떨림과 수줍음의 손을 내밀었습니다
손의 주인은 마음이었습니다

내밀었던 손을 따뜻하게 잡아 주었습니다
그리하여 최고의 단짝이 되었습니다

헤아릴 수 없는 눈보라와 비바람이 불었습니다
따뜻한 햇살도 뜨거운 태양도 마주했습니다

둘은 '부부'라는 이름으로 하나가 되었습니다
부부라는 이름을 만들어준 당신이 최고입니다

구들장의 계단

20여 년 전 구로구에 공부방이
하나 둘 지역아동센터로 문을 열었다

40만 구로구 초중고 아동 청소년들의
아지트로 모여들었다

세월이라는 계단을 오르는 동안
초등은 중등이 되고, 중등은 고등학생이 되고,
고등학생은 졸업을 하고 청년이 되었다

계단을 오르는 동안 셀 수 없는
손길들이 길이 되었고 희망이 되었다

저 위를 향해 넘어졌다 일어서는
그대들의 손길에 조국의 미래가 달려있다

5월의 감사

아동의 소중함을 알려주는
5월에 감사합니다

이 땅에 순례자로 오게 하신 부모를
바라보게 하는 5월에 감사합니다

기어 다니던 아기가 세상을 품어가는
청소년이 되어가는 5월에 감사합니다

금성과 화성처럼 만나 서로를 의지하는
부부가 되어 5월에 감사합니다

가장 귀한 가정이라는 울타리를
주신 5월에 감사합니다

어머니 손

어릴 적 아플 때마다
어머니 손은 약손입니다

학교를 다닐 때나 어른이 돼서도
어머니 손은 기도손입니다

네 자녀를 키워오신
어머니 손은 사랑의 손입니다

구순을 바라보며 지나온
어머니 손은 감사의 손입니다

보답

겨우내 잠들었던 논을
경운기가 소리 내어 깨웁니다

흙들은 땅속깊이 흙들과
하늘을 보던 임무를 교대합니다

물을 머금었던 수로도 농부의 손이 닿자
고르게 된 논을 향해 신나게 달려갑니다

경운기도 흙과 물이 어울리게
이리가고 저리가기를 반복합니다

자신의 자리를 바라보던
모판이 재빨리 이양기에 올라탑니다

이양기는 물을 머금고 있던 논에
정성스럽게 모를 안겨줍니다

경운기가 지나가자 모들은
오와 열을 맞춰 기립합니다

농부가 정성으로 가꾸자
논은 품었던 모를 황금색으로 보답합니다

왜 사느냐고 묻거든

왜 사느냐고 묻거든
세상에 태어남이 감사해서
산다고 대답하겠습니다

왜 사느냐고 묻거든
살아있음에 감사해서
산다고 대답하겠습니다

왜 사느냐고 묻거든
내일을 위해
산다고 대답하겠습니다

왜 사느냐고 묻거든
다가오는 노년을 위해
산다고 대답하겠습니다

왜 사느냐고 묻거든
자신에게 부끄럽지 않으려고
산다고 대답하겠습니다

왜 사느냐고 묻거든
먼 훗날에 후회하지 않으려고
산다고 대답하겠습니다

왜 사느냐고 묻거든
삶이 행복해서
산다고 대답하겠습니다

열 번째 고개

일 백여 년 전에 경순왕의 후예가
밍룡골에 반하여 둥지를 틀었습니다

연지 찍고 곤지 찍고 꽃가마를 타고
망룡골에 오신 새색시가 있었습니다

고운 손으로 만지는 것마다
삶의 일부가 되었습니다

크지도 작지도 않은 발걸음이 옮겨질 때
곡식이 자라나고 과일이 맺혔습니다

자녀들을 하나 둘 셋넷다섯 낳아 금지옥엽
키워 순천 거제 서울 여수로 보냈습니다

한평생 곁에서 함께하던 낭군님은 먼저
왔던 길을 뒤돌아 아버지의 집으로 갔습니다

살아오는 사이에 머리카락은 백발에 귀는 희미
하여 들리지 않고 몸은 여기저기 신호가 옵니다

그러는 사이 자녀들과 자손들과
지나온 고개를 세어보니 아홉 고개를 지나왔습니다

앞을 보니 어느새 저 앞의 열 번째 고개가
바라보며 미소를 짓고 있습니다

이 비 그치면

이 비 그치면
빗방울들이 어깨동무로 길을 만드네

이 비 그치면
흙 속에 기다리던 새순들 고개 들겠네

이 비 그치면
새들이 날갯짓하며 자랑하겠네

이 비 그치면
손짓하는 산책로 그녀와 나서리

강화가 부른다

강화가 부른다
먼 역사 속 몽고의 수난 속에서도
산과 바다를 지켜냈음을 기억하라고

강화가 말한다
먼 이웃 왜구의 침략 속에서도
진과 포로 뭉쳐서 강토를 지켰다고

강화가 외친다
오천 년 역사를 지켜온 정기를
이어 받아 오천 년을 달려가라고

강화가 품었다

저 멀리 안개가 쉬었다 가는
미이산의 전설을 강화가 품었다

녹색물결을 이루며 우뚝 서있는
벼들과 바람을 강화가 품었다

땅속에 뿌리를 채워 웃음을 주려는
고구마 줄기를 강화가 품었다

황금물결을 농부들에게 선물하려고
강화는 온 세상을 품었다

캠프를 떠난다

무더위를 피해서
캠프를 떠난다

사랑하는 자녀들과
캠프를 떠난다

캠프를 준비하는데
마음은 강화에 와 있다

캠프를 떠나는데
무더위가 손을 내민다

캠프를 떠난다
무더위와 함께

나침반

온 세상에 어둠이 찾아올 때
달은 서서히 자신을 드러냅니다

산과 들과 바다에 어둠이 찾아올 때
달은 그들을 맞이하여 줍니다

새들과 동물들이 잠들 때도
달은 묵묵히 그들을 감싸줍니다

어린이가 어른이 되고 노년이 되어도
달은 창조주를 알려주는 나침판이 됩니다

삼형제

첫째가 태어났어요
그 이름이 믿음입니다

둘째가 태어났어요
그 이름은 소망입니다

셋째가 태어났어요
그 이름은 사랑입니다

걷고 싶어요

걷고 싶어요 주님
하얀 침대에서 일이니

걷고 싶어요 주님
타고 있는 휠체어를 뒤로하고

걷고 싶어요 주님
풀향기를 맡으며

걷고 싶어요 주님
주님 손잡고

초석이 되었다

나를 점검하며
그날그날을 넘겨본다

된 것 하고 있는 것
그리고 해야 할 것

여기에는 소중한
이름들이 있다

가족 친구 이웃
목사 선교사 동역자

아동 청소년 보호자
복지사 후원자 봉사자

이루 헤아릴 수 없는
수많은 이름들 얼굴들

이 모든 분들의 발길이
사회복지의 초석이 되었다

네 사람

신안에서 뱃길 따라 사치도에 가면
오십여 어르신의 친구가 있다

수십 년 주님의 성도들을
아버지 하나님께로 인도해 온 친구

이 땅을 벗어나 파라과이에
500만 국민들을 섬겨온 친구가 있다

36년 동안 원주민들을
주님의 심정으로 섬겨온 친구

자신의 앞을 보지도 못하며
앞을 보지 못한 자들의 친구가 있다

평생을 앞을 보지 못한 분들을 위해
천국의 징검다리가 되어준 친구

복 받은 땅 구로에
사랑의 씨앗을 뿌리게 도와준 친구가 있다

40여 년 옆자리를 지키며
힘이 되어준 친구

마력의 한 마디

50여 년 전에 코흘리개
어린 아동이 있었다

가슴에는 코 나오면
풀도록 수건이 매달렸다

인근의 애기능으로
소풍을 갔다

스케치북위 도화지에
소나무를 그렸다

선생님이 다가와서
하신 말씀 '넌 다르구나'

그 한마디가 지금도
마력처럼 움직인다

어머니의 등

어머니의 등은
가장 안전한 놀이터

어머니의 등은
멀리 볼 수 있는 사다리

어머니의 등은
가장 평안한 침대

어머니의 등은
내 생애 최고의 아지트

어머니의 등은
행복을 가르쳐준 보금자리

편안한 사람

내가 힘겨워할 때
말없이 곁에 있어줄 사람

내가 기뻐할 때
맞장구치며 기뻐해 줄 사람

내가 울고 있을 때
내 어깨에 손을 얹어줄 사람

내가 밥 먹자고 할 때
함께 마주하고 밥 먹을 사람

내가 커피를 마시자고 할 때
달려와서 커피를 마셔줄 사람

내가 그러한 사람이 되기를
내게 그러한 사람을 주시기를

외줄 타기

한 손은 밧줄에 몸을 맡기고
한 손은 유리창을 닦는다

나도 밧줄 너도 밧줄 셋이 밧줄
함께 타니 두려움도 도망친다

밧줄에 맡긴 손은 희망의 손
유리창을 닦는 손은 행복의 손

창밖을 내다볼 얼굴을 생각하며
힘을 모아 뽀드득뽀드득 닦는다

밧줄을 타면서 친구의 얼굴에서
가족을 본다

밧줄을 타면서 가족들의
얼굴을 본다

사람들은 보이는 밧줄을 타고
보이지 않는 밧줄을 타기도 한다

오늘도 건물 안의 사람들을 위하여
가족들을 위하여 사랑줄에 나를 맡긴다

안부 묻는 메타세쿼이어

어릴 적 이름 모를 관장지 사진 속에
메타세쿼이어들이 나의 시선을 끌었다

진록의 옷으로 단장을 하고
훤칠한 키는 부러움이었다

십여 년을 돌이켜보니
내 곁에 친구처럼 다가와 있다

봄 여름 가을 겨울
새벽에도 낮에도 저녁에도 어두운 밤에도

즐비하게 줄지어 선채
세상을 바라본다

예배를 드리고 쉬고 있는데 창밖의
메타세쿼이어 '잘 지내지'하고 안부를 묻는다

통일 전망대

최북단 고성에 망대가 세워졌다
통일의 소망을 담아서

그 뒤에는 파주의 오도산에도
임진각에도 망대가 세워졌다

철원에도 DMZ에도
강화에도 김포에도 통영에도

북에 고향을 두고 한 사람들은
오늘도 부모 형제 그리움에 눈물짓는다

그 아픔을 함께 나누려고
이 땅은 물론 전 세계인이 망대에 오른다

망대에 오르는 마음은 하늘에 이르고
그 발길에 땅을 감동되리라

분단된 이 땅의 평화 통일을 위해
기도하며 아들과 손자와 망대에 오른다

교동도를 아시나요

북한과의 거리가 2.4km 접경지
잠시 시간이 멈추었던 섬 교동도

대륭시장, 제비집, 월선포, 그리고
화개정원, 고구저수지가 있는 교동도

황해도 연백 내 고향으로 돌아갈
내 가족 내 이웃을 품고 있는 교동도

내 친구 그대는 아는지요?
그 섬 이름 교동도라고

바다를 보았다

바다를 보았다
바닷물이 밀려간 갯벌에서
자유롭게 뛰노는 자유를 보았다

바다를 보았다
바닷물이 들어오면 언제든지
떠오를 배들을 보았다

소리를 들었다
자유롭게 바다와 땅을 오가는
갈매기들의 노랫소리를 들었다

소리를 들었다
바닷물에 삶을 맡긴
어부들의 웃음소리를 들었다

우리는 모두 어린이

수 억년의 정기를 이어온
북한산 자락에 옹기종기 모였다

태산 같이 소중한 어린이를 위한
제12회 서울국제 어린이 영화제

K-pop의 물길을 찾아온 세계인과 함께
손잡는 축제 우리는 모두 어린이

오천 년의 문화와 역사로 오대양 육대주
세상을 향해 나가자 코리아 대한민국

2부

달맞이

어린 시절 추석이 다가올 때마다
마음이 두근두근 설레었다

풍성한 과일과 고개 숙인 곡식들로
마음은 풍성하고 포근해졌다

보름달이 온 동네를 환하게 비치면
달빛 받은 초목과 곡식들은 빛을 발했다

해마다 달맞이하는 추석이 되면
만나게 될 친척들 얼굴이 떠오른다

수 십 년 전 부모님과 달맞이하듯
지금은 손자 손잡고 달맞이 나간다

추석 아침

눈을 뜨고
하늘을 바라본다

세상을 감싸는
하늘 앞에

두 손 모아 주님께
감사드린다

이웃들과 함께
손을 맞잡고

풍성한 추수를 위해
첫 발을 내딛는다

한가위 보름달

한가위 보름달이 뜨면
전설 속의 방아 찧는 토끼들이 보고 싶다

한가위 보름달이 뜨면
생명수를 떠놓던 어머니가 떠오른다

한가위 보름달이 뜨면
서로에게 곡식단을 나르던 형제들이 보고 싶다

한가위 보름달이 뜨면
달처럼 주님께서 품어주심을 기도드린다

불타는 노을

추석 선물로 다가온
한가위 보름달

보름달처럼
내 마음도 환하다

파랑새 둥지에
잠시 들렀더니

하늘도 곧바로
붉은 바다로 화답

황토 위에서

내가 거주하는 곳 가까이
곱게 빻아진 황토들이 이사해 왔다

나와 친해 혈액순환 신진대사
그리고 미용효과까지 경험하라고

모진풍화 헤쳐 나온 내 발에
황토 걷기를 선물해 주었다

눈으로만 보는 옥구슬보다
더 귀한 황토구슬이 발을 맞이한다

설렘으로 한 발 두 발
황토 위에 발을 맡긴다

황토 위에서 마주 오는 어르신과
목례로 인사를 주고받는다

아이의 걸음   부모의 걸음
빠른 걸음 느린 걸음 터벅 걸음

황토는 그 어느 발도 어떤 걸음도
거부 없이 맞이해 준다

황토와 나는 하나가 되고
황토와 세상은 하나가 된다

주님과 내가 하나임을
황토는 새롭게 가르쳐준다

입추를 맞이하며

무더웠던 여름을 밀어내고
다가 온 입추가 속삭인다

뜨거운 태양의 햇살이
들판의 곡식과 실과를 익혀준다고

어디선가 불어오는 바람도
알알이 맺히도록 찾아온다고

통일 전망대에 올라

파주 통일 전망대에 올라
저 멀리 북녘을 바라본다

임진강은 셀 줄을 모르는가
소리 없이 유유히 흐른다

강 건너 가까이는 김포땅인데
뒤에는 동토의 땅 북녘이 보인다

진붉은 태양이 내리비쳐도
동토는 언제나 변함이 없다

구름도 새들도 오가는 길을
이 땅에 경계를 만든 자 누구이더냐?

아! 대한민국

해마다 현충일을 맞이한다
조기로 태극기를 달고 생명 바친 분들을 생각한다
현충일은 조국의 과거를 보게 한다

생명 바쳐 조국을 지킨 분들께 고개 숙인다
님들의 생명으로 조국을 지켰기에
현충일은 조국의 현재를 보게 한다

헐벗은 나라가 세계의 선망이 되었다
혈맹으로 다시 세워진 대한민국!
현충일에 조국의 미래를 보게 한다

지어야 맺힌다

여린 아이의 마음을 담아 봉선화가 되었고
여름내 밝은 얼굴의 금잔화가 되었다

백일동안 기다림에 백일홍이 되었고
변치 않는 사랑을 위해 천일홍이 되었다

봉선화도 지어야 씨를 맺히고
금잔화도 지어야 씨를 맺는다

백일홍도 지어야 씨를 맺히고
천일홍도 지어야 씨를 맺는다

인생도 심어야 열매를 맺히고
말씀도 심어야 천국을 이룬다

밭에서 경주가 벌어졌다

고추가 먼저 말했다
내가 최고야
주인님께 연한 잎도 드리고 하얀 꽃도
초록빛 고추도 빨강빛 고추도
주인님께 드리니
내가 최고야

토마토가 뒤를 이었다
내가 최고야 지지대로 세워주지
나도 주인님께 예쁜 꽃도 초록빛깔도
빨강 빛깔도 고추의 몇 배가 되는 즙을
주인님께 드리니
내가 최고야

뒤이어 호박이 말했다
내가 최고야 나도 주인님이 세워주지
주인님을 위해
황금빛깔 나팔과 열매를
주인님께 드리니
내가 최고야

뒤이어 오이도 가지도 콩도
서로서로 목청을 돋우었다
내가 최고야, 내가 최고야...
그 경주가 천년이 지나 지금까지
벌어져오고 있다

밤의 속삭임

밤이 속삭인다
모든 풀들 꽃들 나무들 새들 동물들 생명체들
그리고 만물의 영장이 사람들에게

밤이 속삭인다
온 세상을 무덥게 비취는 태양에게도
세상을 식혀주혀주는 비에게도

밤이 속삭인다
온 세상을 설국으로 만드는 분보라에게도
모든 생명체들을 위하여 불어오는 바람에게도

밤이 속삭인다
힘들었던 날에게도 즐거웠던 날에도
슬펐던 날에게도 기뻤던 날에게도

밤이 속삭인다
마음 아파 울었던 날에게도 기뻐했던 날에게도
생명이 떠나가는 날에게도 생명이 오는 날에게도

밤이 속삭인다
이제 그만이라고 나의 친구가 되어 달라고
쉬어야 내일이 온다고 위대한 낮이 온다고

고추들의 경주

고추 밭에 경주가 열렸다
내가 먼저 햇빛 받아 자라겠다고

고추 줄기에 경주가 열렸다
내게 먼저 영양분이 필요하다고

고추 꽃들이 경주를 하였다
내가 먼저 떨어져서 열매를 맺겠다고

고추 밭의 고추들이 경주를 하였다
주인님께 탐스러운 고추를 드리려고

고추 밭의 주인은 고추들에게 말한다
얘들아 빨간 고추를 맺느라고 수고들 했다

세상이 어떠한지

세상이 어떠한지 알지 못할 때
나 홀로 고아처럼 놓였었지요

미래가 어찌 될지 알지 못할 때
답답함과 두려움에 넘어졌지요

슬픔과 눈물의 밤을 지새울 때
한줄기 세미한 주님의 음성

나의 종 모세와 함께 함같이
어디로 가든지 함께 하리니

강하고 담대하라 약속하시니
나의 주 하나님을 찬양합니다

설레임

설렘으로 눈을 뜹니다
주님 주시는 은혜를 기대하면서

설렘으로 고개를 듭니다
주님 이끄시는 세상을 바라보면서

설렘으로 발을 뗍니다
주님 손잡고 이끄심 받들어

설렘으로 바라봅니다
주님 약속하신 주의 나라를

설렘으로 감사합니다
오늘을 선물로 주신 주님께

철마는 그녀를 태우고

철마에 그녀가 몸을 맡기고
시간여행을 떠났다

주어진 시간을 가르며 끝없이
질주하며 나갔다

가야 할 목적지를 향해서 달리고
또 달리기를 거듭했다

마침내 목적지에 도착해서
그녀를 내려주었다

그렇게 철마는 만남의 기쁨을
서로에게 선물해 주었다

철마는 다시 그녀를 태우고
질주하며 시간여행을 떠났다

불꽃축제

남녀노소 셀 수 없는
수많은 인파가 광장에 모였다

주변의 꽃들과 아름다운
경관을 어둠이 감싸준다

군중의 마음에는 벌써부터
반짝이며 빛나는 불꽃이 튀고 있다

불꽃이 반짝이며 빛을 발할 때
하나 같이 발하는 함성 '와~와~'

반짝이는 불꽃에 감탄하듯이
나의 삶도 어둠을 밝히는 불꽃 되기를

아버지

촌부의 아들로 태어나
산과 들의 친구가 되었다

형제자매 많은 덕에
배움조차 쉽지 않았다

정든 고향 뒤로 하고
새 보금자리 찾아 나섰다

씨 뿌리는 계절에는 농부가 되고
철 지나면 망치를 들었다

도시생활 외로움에 지쳐
술로 친구 삼아 세월과 씨름했다

세월이라는 샅바에 붙잡혀
순식간에 내 던져졌다

세상여행 끝 나는 날
영원한 아버지 품에 안겼다

고백

어둠의 길 사망의 길 방황하고 있을 때에
빛으로 오셨네 나의 생명주님 예수

길 잃은 어린양을 찾아내고 치료하사
달려갈 길 다 가도록 인도하신 나의 주님

고아 되고 과부 된 자 나그네 된 자 이리오라
수고한 자 짐을 진 자 이리오라 내게 오라

하늘 백성 삼으시고 영생을 주시려고
죄인 위해 십자가에 달리시고 죽으셨네

죄인 위해 죽으신 주 주님만을 사랑하며
주님 앞에 영원토록 영광을 돌리리라

가을비가 내린다

뜨거운 햇살을 받아
알알이 익어가고

무더웠던 여름과
교대하러 가을비가 내린다

내리는 비를 통해
대지를 식히고

땅속의 영양을
섭취하라 가을비가 내린다

생명의 근원이
위로부터 온 것임과

만물의 생명수로
산화하는 가을비가 내린다

설렘으로 다가왔다

무더웠던 8월이 가고
열매 맺는 9월이 왔다

여름내 뜨거운 햇살이
들판을 풍성하게 하였음을

힘겨웠던 시간들이 모여서
마음이 채워가는 시간이었음을

아침저녁으로 불어오는 바람도
여름이 가고 가을이 오고 있음을

이제 막 발행된 백지수표와 같이
설렘으로 9월이 다가왔다

태양이 빛을 발하는 이유

태양이 빛을 발하는 것은
어둠을 몰아내기 위함이다

태양이 빛을 발하는 것은
생명체를 지켜주기 위함이다

태양이 빛을 발하는 것은
태양에게 주어진 사명이다

태양이 빛을 발하는 것은
빛 되신 주님을 바라보게 하심이다

가을비야 고맙다

알알이 익도록
내리쬐던 햇살의
바턴을 이어받고

무더웠던 여름을
밀어내며 찾아온
가을비야 고맙다

매미들의 울음소리
풀벌레들의 합창
여름이 가고 있다고

기다리던 바람과
손잡고 찾아온
가을비야 고맙다

나의 이름은 그림자

나의 이름은 그림자
나는 그의 유일한 친구가 된다

뜨거운 태양이 있는
한낮에도 그를 따르고

달이 떠있는 어둔
밤에도 그와 친구가 된다

나의 이름은 그림자
나는 그의 단짝이 된다

그가 움직이면 나도 움직이고
그가 멈추면 나도 멈춘다

그가 작아지면 나도 작아지고
그가 커지면 나도 커진다

나의 이름은 그림자
오늘도 나는 그와 하나가 된다

가평 우리 마을

서울에서 한 시간 반
다른 차량들 틈새에 끼여 달렸다

우측으로는 저 멀리 최고층 롯데 빌딩
좌측으로는 한강과 마주편 빌딩들

천사처럼 쓰임 받은 모 권사님의 헌신이
무수한 작은 자들에게 새 힘이 되었다

예수님의 보혈을 의미하는 붉은 벽돌
죄 사함을 상징하는 흰색 담벼락의 조화

행복한 집 아들 딸들과 직원들 가족들
예수님의 열두 제자처럼 우리 마을의 12동건물

건물과 건물을 이어주는 도로도 빨간 벽돌
죄와 어둠의 권세가 발붙일 틈이 없으리

저마다의 특색을 갖춘 실내 공간
거울 앞에는 한 구절 묵상집과 감사 방명록

가평 우리 마을이 예수마을 되기를
가평 우리 마을에 방문객들이 주의 자녀 되기를

가을 편지

무더웠던 여름이 가고
가을이 오고 있다고
나무마다 잎사귀
편지를 띄웁니다

견디기 힘겨웠던 여름이 가고
가을이 다가온다고
하늘 높이 구름들도
편지를 띄웁니다

계절 중에 계절인
가을이 다가온다고
전초병인 바람이
편지되어 스쳐 갑니다

사람들이 그렇게 기다리던
가을도 잠시라고
하늘도 푸른색
편지를 띄웁니다

기다림

동트는 햇빛을 기다림같이
주님의 손길을 기다립니다

시원한 바람을 기다림같이
주님의 훈풍을 기다립니다

대지가 단비를 기다림같이
주님의 은혜를 기다립니다

은은히 내리는 달빛아래서
주님의 임재를 기다립니다

민족의 함성

경술국치 치욕에
36년 땅이 울고 하늘이 울었다

내 나라 내 강토가 짓밟히고
언어도 빼앗기고 이름조차 빼앗겼다

아들들은 전쟁터로 내몰리고
딸들조차 노리개가 되었다

일본의 야욕은 중국으로
러시아로 동남아로 뻗어나갔다

그러나 일본 창공에 원자탄 두발
히로시마에 리틀보이 나가사키 팻맨

일본천황의 무조건항복
세계 만민이 기다렸던 평화의 소식

일본의 패망은 세계의 평화
일본의 멸망은 대한독립 만세

대한독립 만세   대한독립 만세
79년 불러온 노래 영원히 불러야 할 노래

하늘이 웃었다

하늘이 울었다
태어나는 새 생명을 위하여

하늘이 울었다
늙어감을 안타까워하면서

하늘이 울었다
질병으로 우는 자들을 위하여

하늘이 울었다
세상을 떠나감을 슬퍼하기에

하늘이 웃었다
태어나는 새 생명을 위하여

하늘이 웃었다
늙어 힘 빠져 힘없는 자에게
하늘이 웃었다
병든 자에게 힘을 내라고

하늘이 웃었다
본향을 향해서 가는 자들에게

집으로 가는 길

어둠이 온 세상을 감싸 올 때에
공중의 새들도 집으로 갑니다

어둠이 세상과 하나가 될 때에
나무들도 어둠 속에 숨었습니다

어둠이 온 세상을 차지했을 때
숨어있던 별 하나 고개를 듭니다

어둠 속에 길을 잃지 않도록
집으로 가는 길을 비쳐 줍니다

그들의 자랑스러운 이름

불암산 힐링쉼터에
서울에서 모여든 사회복지사들

하늘도 드높이 청명했고
괴암괴석들이 반가이 맞아주었다

고운 손길들에 심긴
푸르름의 10만 송이 철쭉도 있다

낮은 자 약한 자의 친구가 되어
위로가 되고 힘이 되는 소중한 사람들

각자의 위치에서 땀 흘리다
단결과 화합으로 모여든 지 20년

어둔 그늘을 밝히는 아주 소중한
그들의 자랑스러운 이름 사회복지사

노을을 보았다

노을을 보았다
옛날 뛰놀던
고향 동네에서

노을을 보았다
수십년지기 친구와
한자리에서

노을을 보았다
앞만 보고 달려온
뒤안길에서

노을을 보았다
앞으로도 물들어갈
미래 속에서

노을을 보았다
나그네임을 알려주는
빛들의 선물

선물을 날마다 받는다

날마다 새 날이
선물로 주어진다

24시간 1,440분
86,400초 찰나라는 순간

이것은 내게
주어진 축복이다

눈을 뜨고 눈을 감고
온갖 냄새를 맡는 것이

귀로 듣는 것 하나하나
말하는 것 하나 하나

때로는 한 팔이
때로는 두 팔이

힘을 합치는 것도
주의 은혜다

오른편 다리 힘들면
왼편 다리 힘주고

왼편다리 힘들면
오른편 다리 힘준다

혼자는 외로우니
둘이 돼라 하신 것도

천국의 그림자
가정을 주신 것도

그리고 하나 더 저녁이라는
선물을 날마다 받는다

가장 소중한 이름

늦은 오후에
핸드폰이 울린다

누군가가 내
곁에 있음이 복이다

누굴까 궁금하여
핸드폰을 손에 쥔다

이역만리 비행기에
몸을 맡기고 온 친구다

친구의 이마가
세월을 알려주었다

친구의 모습에서
예수님을 보았다

인생이란 나그넷길에
가장 소중한 이름 친구다

구름의 경주

푸르른 하늘에
누가 하얀 가루를 뿌렸을까

자신의 모습이
수줍어서 스스로 가렸을까

가고 싶어 바람의
등에 타고 옮겨 왔을까

경주하는 구름에
손자의 감탄사 '와 ~아~'

10월이 오면

10월이 오면
황금물결 이루는 들판으로 달려가겠습니다
풍성한 열매와 입맞춤하겠습니다

10월이 오면
형형색색으로 단장한 산으로 가겠습니다
아름답게 단장한 그들과 하나가 되겠습니다

10월이 오면
보고 싶은 그리운 친구를 만나겠습니다
친구와 함께 주님께 찬양하겠습니다

10월이 오면
사랑하는 가족들과 나들이를 가겠습니다
언제나 소중한 존재임을 고백하겠습니다

10월이 오면
갈매기 나르는 바닷가를 가겠습니다
끝이 보이지 않는 바닷가를 당신과 걷겠습니다

입추를 맞이하며

무더웠던 여름을 밀어내고
다가 온 입추가 속삭인다

뜨거운 태양의 햇살이
들판의 곡식과 실과를 익혀준다고

어디선가 불어오는 바람도
알알이 맺히도록 찾아온다고

내 이름은 고속철

내 이름은 고속철
사람들이 붙여주었다

철로를 이탈하지 않고 그냥
철로 위를 고속으로 달리면 된다

내가 태워야 할 사람이 누군지
어디를 가는지는 중요하지 않다

다만 나를 필요로 한다면
그것만으로도 족하다

나를 기다리는 사람들을 태우고자
그들을 기다리는 내 이름은 고속철

안개구름

강 주변의 물의
향취에 취하고

산등성의 조화로운
숲의 아름다운 반하여

안개구름이 산중턱에
잠시 쉬었다 간다

잠시 쉬는 시간이
몇 초가 되었을까

가평 우리 마을에 이틀을
묶다가 짐을 쌓았다

오늘도 안개가 말해준다
안개 같은 인생임을

친구 덕분에

친구 덕분에
깊은 잠에서 깨어났다

시를 좋아했던
소년이 잠자던 시상에서

친구 덕분에
시를 쓰게 되었다

친구 덕분에
'시'라는 망원경도

친구 덕분에
'시'라는 현미경도

친구 덕분에
콧노래를 부른다

시의 예찬

물방울이 모여들어 개천이 되어
강을 이루고 바다를 이룬다

흙들이 모여들어 언덕이 되어
산을 이루고 세상을 이룬다

사람들이 모여들어 가족을 되어
나라를 이루고 세상을 이룬다

바침들이 모여들어 글이 되어
문장을 이루고 시가 된다

님을 기다리며

십여 년을 한 마음으로
걸어온 한영의 동기들

삶의 장소는 다를지라도
서로를 응원하는 우리들

삼겹줄도 끊어지지 않는데
하나 둘 셋…모여든 친구들

님이 있으니 내가 있고
내가 있으니 우리가 있네

몬테인 기슭에서
님을 기다리며 감사드리네

초승달 아래서

창밖의 초승달이
잠을 깨웠다

크고 작은 별들도
빛을 발한다

캄캄한 한 밤중에도
고고하게 자리를 지킨다

침상에서 고통하며
신음하는 사람에게도

힘겨운 세상을 살아온
단란한 가족들에게도

새날이 밝아 오기까지
초승달은 파수꾼이 된다

개천절에

수 억년 전 태고에
하늘이 열렸다

빛이 임하고 우로가 내리고
땅 위에 생명이 움텄다

땅을 일구고 바다를
지나며 역사를 이어왔다

하늘 아버지를 바라보며
흰 옷을 입었다

어린이가 행복한 나라
청년들이 넘치는 나라

가정이 건강한 나라
노인들이   존귀한 나라

오대양 육대주로 나가라
동방의 나라 대한민국

3부

으르렁 쾅쾅 번쩍번쩍

우르릉 소리에 잠이 깨었다
모두가 잠들은 고요한 밤에
잠자는 내 영혼을 깨우는 소리

쾅쾅 쾅쾅 소리로 세상을 깨운다
아무도 모르는 적막한 밤중에
세상을 향해 주님을 보라는 싸인

번쩍번쩍   번쩍거림을 보았다
어둠 속에 잠자는 세상을 위해
내가 곧 빛이라는 주님의 움직임

주 따라 가는 길

주 따라 지나 온 길 진리의 길이요
주 따라가는 이 길   생명길이네

믿음의 선배들이 지나간 길이요
은혜로만 갈 수 있는 주의 길이라

주께서 가신 길 고난의 길이요
나를 위해 가신 길 죽음의 길이네

이 땅에서 가야 할 길   승리의 길이요
이 길이 하늘 길   영광의 길이라

주께서 종의 발에 힘을 주셔서
사슴처럼 주를 향해 뛰게 하소서

고백합니다

밤새껏 그물을 내렸지만
헛수고하였습니다
배 오른편에 그물을 던지라는
그분 말씀에 순종하였습니다

호기심으로 서서히 그물을
당기면서 느끼게 되었습니다
그분이 나의 주이심을
그분이 나의 하나님이심을

주님 나는 죄인입니다
나를 떠나소서 고백했던
베드로에게 찾아오시듯
이 죄인에게 찾아오셨죠

이제부터 너는 나를 따르라
내가 너와 함께 하리라
주님을 따르며 지나온 길이
주님의 은혜임을 고백합니다

생명 다할 때까지

눈이 좋아하는 대로 보았고
귀에 들리는 것을 위해 들으면서
내 뜻대로 살았습니다

그러나 이제는 주님께서
부르심이 헛되지 아니하도록
동이 트는 새벽을 열어주소서

주님 가신 그 길을 따라갈 수 있도록
피곤하여 지쳐있는 영혼에게 생기를
불어넣어 주소서

주님만이 길이요 진리요 생명이심을
세상에 전하리다 생명 다할 때까지
생명 다할 때까지

맞아 주소서

그렇게 힘들었던 환경을 통해
인내하는 믿음을 배웠습니다

때로는 요행함도 기대했지만
여전히 그 자리에 있었습니다

폭풍이 불어와 다 날아가도
내 주님 바라보며 나아갑니다

연약한 그 모습 주님을 향해
오늘도 주님께로 달려갑니다

내 주님 기뻐하며 찾아오셔서
잘했다 말씀하며 맞아 주소서

걷기도 하고 뛰기도 하며

성전문에서 오고 가는 사람에게 구걸했네
하나님을 믿는 자들의 넉넉함을 믿었지

그렇게 걷지 못해 구걸하며 지나 온 40여 년
그날에 그 몸 하나 유지하기 버거웠다네

그러던 어느 날 성전 안으로 들어오는 두 사람
그들의 눈빛을 살피며 두 손을 내밀었네

은과 금은 내게 없거니와 내게 있는 것을 주노라
곧 나사렛 예수 그리스도의 이름으로 걸으라

그들의 눈과 내 눈이 마주치며 내 손을 잡아줄 때
내 마음은 두근거리며 요동쳤네

나는 생애 처음으로 그들과 함께 걷기도 하고
뛰기도 하며 나를 일으켜주신 주님을 찬양했네

눈을 뜨니

눈을 뜨니 하늘입니다
가장 먼저 반기는 친구

힘들 때도 기쁜 때도
늘 위를 바라보라고

창 밖의 메타세쿼이어가
살들거리며 반겨 줍니다

시원한 아침 바람도 함께 놀자며
유리창을 두드립니다

눈을 뜨게 해 주신 주님
오늘도 주님을 바라봅니다

주님과 눈 맞춤

눈 뜨니 세상이 보인다
세상과 눈맞춤한다

눈 뜨니 아들이 보인다
서로가 눈맞춤한다

눈 뜨니 손자가 있다
손자와 눈맞춤한다

눈 떠서 성경을 본다
주님과 눈맞춤한다

지금 그리고 여기에

지금 기도하게 하소서
지금 생각하게 하소서
지금 결단하게 하소서
지금 행동하게 하소서
지금 감사하게 하소서

그리고 사랑하게 하소서
그리고 축복하게 하소서
그리고 넉넉하게 하소서
그리고 미소짓게 하소서
그리고 자녀답게 하소서

여기에 주님께서 임하소서
여기에 생기를 부어 주소서
여기에 치유의 손을 대 주소서
여기에 기적임을 알게 하소서
여기에 생수의 강이 흐르게 하소서

은혜입니다

주의 말씀 따라온 길 주의 은혜입니다
믿음으로 살아온 길 주의 은혜입니다

나의 죄를 대속하신 주의 은혜입니다
멸시 조롱 대신당한 주의 은혜입니다

부모가 되게 하심도 주의 은혜입니다
자녀가 되게 하심도 주의 은혜입니다

지금까지 지나온 것 주의 은혜입니다
모진풍화 지나온 것 주의 은혜입니다

주를 따라가게 하소서

낮은 자리 오셨으나 높은 자리 원했습니다
나를 따르라 하셨으나 뒷걸음질하였습니다

부르짖으라 하셨으나 목소리만 내었습니다
주님 바라보라 하셨으나 세상도 보았습니다

섬기라고 하셨으나 섬김 받기 원했습니다
좁은 길로 가라셨으나 넓은 길이 좋았습니다

십자가를 지라 하셨으나 십자가를 피했습니다
죄인 위해 죽으셨으니 주의 이름 팔았습니다

그러니 주님 이 죄인을 불쌍히 여기사 영원토록
주를 따라 가게 하소서 주를 따라 가게 하소서

일어나 함께 가자

흙으로 지으시고 생기 주시사
영생을 허락하신 나의 하나님

나그네 인생길 일 순간이나
내 주님 함께하사 영원하다네

보는 것 듣는 것 미혹해 와도
내 주님 사랑과는 바꿀 수 없네

무수한 증인들 거울삼으사
영원한 승리의 길 예비하셨네

예수님 오늘도 내손 붙잡고
일어나 함께 가자 말씀하시네

너의 믿음이 어디 있느냐

무엇을 먹을까 근심하는 자여
너의 믿음이 어디 있느냐

공중의 나는 새를 보라
그들도 주님이 먹여주신다

무엇을 먹을까 걱정하는 자여
너의 믿음이 어디 있느냐

들의 무수한 꽃들을 보라
이와 같이 그들도 입혀주신다

무엇을 마실까 염려하는 자여
너의 믿음이 어디 있느냐

수가성에 찾아오신 주님을 보라
이처럼 너를 찾는 주님이시다

그러므로 먼저 너는 내 안에 거하라
그리하면 나도 네 안에 거하리라

그리하여 나와 함께 반드시 승리하고
승리하여 영원토록 기뻐하리라

엠마오로 가던 두 제자

모든 꿈 잃어버린 두 제자
엠마오로 가고 있었네

낙심과 절망으로 한숨지으며
무거운 발걸음으로 걷고 있었지

의문과 비통의 그들에게
지나가던 그 분이 다가왔네

동행하며 대화를 주고받을 때
우리의 마음이 따뜻해졌지

떠나려던 그분을 이끌어
약속했던 한자리에 모였네

떡과 잔을 나눌 때 눈이 뜨여
우리 주님 예수이심을 알았네

주님과 동행

비바람과 눈보라가 몰아쳐와도
두려움과 절망 중에 동행하셨네

지금까지 살아온 것 주님은혜라
금은보화 값진 재물 바꿀 수 없네

수많은 사람 속에 나를 부르사
죄와 죽음에서 건져 주셨네

죄인 위해 십자가 지시고
다 이루었다 다 이루었다 말씀하셨네

주님 없이 천년을 산들 무엇하리오
생명의 주 예수님과 영원히 살리

피흘리사 생명 주신 내 주님 예수
은혜의 보좌 앞에 달려가리라

소원

주님의 형상대로 지음 받은 나
주님은 사명자로 세워주셨네

생육하라 번성하라 말씀하시며
세상의 모든 것을 당부하셨네

지으시고 좋았더라 말씀하시니
천지의 모든 만물 다 이루셨네

주님의 말씀으로 다가오시고
주님의 보혈로 씻겨주셨네

누구든지 목마른 자 살리시려고
생수를 마셔라 말씀하셨네

모든 사명 다 마치고 주 앞에 설 때
예비된 주의 나라 허락하소서

기도

우둔한 나의 입술로 기도를 드리면서도
감사한 마음보다는 불평이 많았습니다

주께서 주신 것들을 헤아려 보지 못하고
세상을 바라보면서 부러워하였습니다

지금껏 지나온 길을 조용히 돌이켜보니
내 곁을 찾아와 주신 주님이 계셨습니다

나의 주 나의 하나님 예수 안에 살겠사오니
주님 이제부터는 주만 바라보게 하소서

세상의 부귀영화에는 눈멀고 귀먹게 하시고
주의 말씀에는 눈이 뜨이고 귀가 열리게 하소서

다메섹의 바울을 찾고 베드로에게 찾아오시듯
말씀으로 찾아주시고 성령께서 임재하소서

모두가 주의 은혜

아침마다 눈을 뜨고 보게 하심도 은혜
새소리들과 사랑하는 자의 목소리 들음도 은혜
숨을 쉬며 향기를 맡게 하심도 은혜
모두가 주의 은혜입니다

사랑하는 이의 눈동자를 마주 보는 것도 은혜
그의 숨결을 느끼며 그의 손을 잡음도 은혜
살아있음의 온기를 느끼게 하심도 은혜
모두가 주의 은혜입니다

어머니의 아들로 아버지의 아들로 태어남도 은혜
땅을 일구고 씨 뿌리고 농부가 되어 본 것도 은혜
아버지를 따라 목수가 되어 본 것도 은혜
모두가 주의 은혜입니다

때로 질병과 고통으로 낙심하며 울게 하심도 은혜
긴 터널 같은 어둠 속을 무사히 지나온 것도 은혜
작은 아이라 두려움에 떨었던 것도 은혜
모두가 주의 은혜입니다

나의 약함을 알게하심도 강하게 하심도 은혜
떡을 떼며 말씀을 나누며 기도하게 하심도 은혜
나의 주 나의 왕께 겸손하게 하심도 은혜
모두가 주의 은혜입니다

일어나 일어나라

일어나 일어나라 근심 걱정 버리고
네 앞의 그 땅으로 나아가라

내 백성을 위해 너와 함께 하며
떠나지도 버리지도 아니하리라

강하고 담대하라 바다와 강을 만나고
메마른 땅을 지나도 두려워 말라

일어나 일어나라 강하고 담대하라
약속을 주었으니 굳게 잡고 지키어라

일어나 일어나라 강하고 담대하라
네 앞이 평탄하며 네 길이 형통하리라

나의 찬양이 되어주소서

돌로 떡을 만들라는 그의 유혹도
높은 곳에서 뛰어내리라는 미혹도

내게 절하라는 속임수에도
넘어지지 않게 하소서

먹을 것에 굶주려도 말씀으로 만족하며
높은 곳이 아니라도 주님이 원하신 자리

부귀영화 호의호식 멀다 해도
주님 품에 안긴다면 만족합니다

지나온 길 돌아보니 한숨과 두려움
쓰러지고 눈물 흘릴 때 곁에 와주신 주님

나의 앞길 다 가도록 성령이여 임하셔서
영원토록 나의 노래 나의 찬양이 되어주소서

지팡이를 잡아라

양들을 위해 지팡이 할
나무를 찾아 나섰다

산을 오르내리다 드디어
마음에 드는 나무를 만나

양들을 생각하며
신나게 지팡이를 만든다

때로는 발이 되고
때로는 손이 되어

평생을 양들 위해
또 하나의 지체가 된 지팡이

지팡이를 던질 때 뱀이 되고
꼬리를 잡을 때 지팡이가 되었다

뒤에는 애굽의 군대 앞에는 바다
두려움과 절망으로 낙심한 백성들

바다를 향해 지팡이를 가리킬 때
바다는 갈라지고 육지가 되었다

인정받게 하소서

세상 근심 걱정 내게 몰려와도
다시 오마 약속하신 주님을 믿고
주님나라 바라보게 하소서

해 아래 새 것이 없음을 기억하며
하루를 천 년같이 천 년을 하루같이
땅 위에 있으니 겸손하게 하소서

오래전 죄악으로 심판이 있었음을
언제나 기억하며 신실하게 하셔서
주 앞에 서는 날에 인정받게 하소서

시몬의 노래

갈릴리 바닷가 거닐던 그 분
그물을 씻던 어부들을 찾으셨네

너는 나를 따르라 말씀하실 때
나도 모르게 그 분에게 이끌렸네

밤새껏 빈 그물 들어 올리며
텅 빈 배 바라보며 낙심할 때

오른편에 그물을 던지라는 말씀
나도 모르게 그 말씀에 순종했네

던져진 그물을 들어 올리는 순간
그물의 고기들을 보고 당황했네

그물을 뒤에 두고 그 분께 달려가서
나를 떠나소서 죄인임을 고백했네

브니엘

얻은 재물 모든 가족
앞서 보내고

홀로서
주님을 기다립니다

두려움과 걱정
눈물과 땀으로

긴 밤을 씨름하며
지새움 끝에

허벅지 관절이
어긋남에도

그 분께
매달린 끝에

'너를 이스라엘이라 하리라'
말씀 주셨습니다

동트는 아침을 맞아
절뚝이며 나아갑니다

흙으로 돌아가라

풀벌레들의 합창이
하늘에 울려 퍼집니다

나무들은 어둠 속에
묵묵히 자리를 지킵니다

어둠이 내린 밤에
홀로 황톳길을 걷습니다

물과 황토가 하나가 되어
온몸으로 나를 받아줍니다

태고부터 들려온 한마디
'너는 흙이니 흙으로 돌아가라'

그 음성 기억하며 겸손히
감사드리며 오늘도 걷습니다

왜 사느냐고 묻거든

초판 발행 2024년 11월 20일
지은이 최형묵
펴낸이 김복환
펴낸곳 도서출판 지식나무
등록번호 제301-2014-078호
주소 서울시 중구 수표로12길 24
전화 02-2264-2305
팩스 02-2267-2833
이메일 booksesang@hanmail.net

ISBN 979-11-87170-82-2
값 10,000원